DINO-NOËL

LISA WHEELER
ILLUSTRATIONS DE BARRY GOTT
TEXTE FRANÇAIS D'ISABELLE MONTAGNIER

SCHOLASTIC

Pour tous les amateurs de la série qui
ont partagé leurs bonnes idées avec
moi! Celui-ci est pour vous! — L. W.

Pour Rose, Finn et Nandi — B. G.

Catalogage avant publication de Bibliothèque et Archives Canada

Titre: Dino-Noël / Lisa Wheeler ; illustrations de Barry Gott ;
texte français d'Isabelle Montagnier.
Autres titres: Dino-Christmas. Français
Noms: Wheeler, Lisa, 1963- auteur. | Gott, Barry, illustrateur.
Description: Traduction de: Dino-Christmas.
Identifiants: Canadiana 20190094265 | ISBN 9781443177450 (couverture souple)
Classification: LCC PZ24.3.W44 Dinn 2019 | CDD j813/.6—dc23

Édition publiée par les Éditions Scholastic,
604, rue King Ouest, Toronto (Ontario) M5V 1E1,
avec la permission de Carolrhoda Books.

5 4 3 2 1   Imprimé en Malaisie 108   19 20 21 22 23

Conception graphique : Kimberly Morales

Les illustrations de ce livre ont été réalisées
à l'aide d'Adobe Illustrator, de Photoshop
et de Corel Painter.

Dans les rues de Dinoville,
quelle animation!
Le vent d'automne souffle
les premiers flocons.

Devant les vitrines,
des dinos se sont arrêtés.
Le temps des fêtes
et des cadeaux est arrivé!

Bientôt, un épais tapis blanc recouvre les monts avoisinants.

Stego court et vise **Raptor**.

Il lance une boule de neige très fort.

Pachy et **Compy** font une joyeuse bataille!

Allongé dans la neige, **T. Rex** dessine un ange et bâille.

Sur la glace qui brille comme du verre,

Minmi décrit des huit, les bras en l'air.

Tenant des bâtons de hockey, les **jumeaux Ptéro** se jettent dans les pattes d'un grand dino.

— Hé! vous deux! Faites donc attention!

Les jumeaux sont envoyés au banc des punitions.

Le pauvre **Tricératops** est complètement gelé.
Des glaçons pendent de ses cornes et de son nez.

Il entre en grelottant dans un petit bistrot
pour boire une tasse de bon chocolat chaud.

Les biscuits de Noël sont vite engloutis par T. Rex et Raptor qui ont un gros appétit!

Dans quelques jours seulement,
ce sera Noël.

Les dinos se mettent au travail
avec zèle.

Herbivores et carnivores
rivalisent d'efforts.

T. Rex prend des ornements **rouge** vif pour donner à la ville un air festif.

Tricéra et son équipe décident au contraire de décorer le parc tout en **vert!**

Diplo entoure avec beaucoup de facilité les sapins de guirlandes argentées.

Tricéra fredonne une chanson tout en illuminant les buissons.

Le dino de neige d'**Iguano** est très réussi!

Ankylo, gourmand, broute le bouquet de gui.

Allosaure fabrique des couronnes festives qu'elle accroche avec ses incisives.
Troodon peint une immense canne de Noël, juché au sommet d'une grande échelle.

Les **jumeaux Ptéro** ne cessent de jouer des tours.

Heureusement pour **Troodon**, **Gallimimus** vient à son secours.

— Tu devrais trouver un meilleur endroit, dit-elle au peintre tremblant d'effroi.

La veille de Noël, les dinos dorment profondément. Ils rêvent de cadeaux aux rubans scintillants. Il y en a un plein traîneau. Entendent-ils aussi le clip-clop de petits sabots?

Le soleil se lève comme pour dire :

« C'est Noël, le temps de se réjouir! »

Tout le monde se précipite : le grand moment

est arrivé...

Le défilé de Noël va commencer!

Tambours et trompettes résonnent avec éclat.
Petits et grands dinos marchent au pas.

Des majorettes lancent leurs bâtons
et les rattrapent avec précision.

Apatosaure est un elfe géant qui regarde la foule en souriant.

Le char des bonbons est exquis! C'est **Ankylo** qui le conduit.

À l'arrière se tiennent les **jumeaux Ptéro.**

Ils lancent des boules de neige et crient :

— En plein dans le mille! **BRAVO!**

T. Rex est touché entre les deux yeux.

Il poursuit les jumeaux malicieux.

Le char final arrive sous les applaudissements.

Qui est donc ce dino au manteau rouge
et blanc?

Les spectateurs crient de plus belle.

C'est la vedette du jour : le dino Noël!

Les **jumeaux Ptéro** sont dans le pétrin.

Le dino Noël les aurait-il vus faire les malins?

Au lieu de jouets, recevront-ils du charbon?

— Ho! Ho! Ho! Venez ici, les garçons!

Le dino Noël plonge la main
dans son sac.

Il en sort une boule de neige.

— En plein dans le mille! **TCHAC!**

Les **jumeaux Ptéro** sourient joyeusement.

Le dino Noël distribue une foule de présents.

T. Rex adore sa nouvelle raquette.

Minmi ajuste son casque sur sa tête.

Allo adore visiblement son nouveau traîneau. **Tricéra** met sa nouvelle veste sur son dos.

Il y a aussi des tas de balles et de ballons, et des articles de sport à profusion.

Devant le sapin, une fois la nuit tombée, les dinosaures se mettent à chanter.

Stégosaure est un soliste talentueux. Les autres forment un chœur joyeux.

La saison des fêtes prendra bientôt fin.
Il faut déjà penser au rendez-vous prochain...

On les retrouvera bientôt,
on le devine...

tous déguisés pour Dino-Halloween!